W9-ANH-243

OTRAS AVENTURAS DEL RATONCITO:
- *EL SECRETO*
- *¿QUIERES JUGAR CONMIGO?*
- *¡OH! LA LUNA*
- *LA AVELLANA*

Título original: *La Bonne Farce*
© Didier Jeunesse, París, 2013
© De esta edición: Kókinos, 2014
www.editorialkokinos.com
José Marañón, 7. 28010 madrid
Traducción de Esther Rubio
ISBN: 978-84-941765-1-7
Depósito Legal: M-295-2014
Impreso en España-*Printed in Spain*

LA
BROMA

ÉRIC BATTUT...

KÓKINOS

AL RATONCITO GRIS SE LE HABÍA OCURRIDO UNA IDEA.
LE APETECÍA GASTAR UNA BROMA A SUS AMIGOS.
Y, A VOZ EN GRITO, DIJO:

—¡UN *LOBO AZUL*!
¡HE VISTO UN *LOBO AZUL*!

EL PÁJARO FUE EL PRIMERO EN ACUDIR, TODO NERVIOSO.
—¿UN LOBO AZUL? ¿DÓNDE?

EL RATONCITO GRIS SE REVOLCABA DE LA RISA.
—¡JA, JA, JA! ¡ES UNA BROMA! ¡Y TE LA HAS CREÍDO!
¡NO EXISTEN LOBOS AZULES!
—¡AH!... —DIJO EL PÁJARO.
—PERO SI QUIERES —DIJO EL RATONCITO GRIS—,
¡PODEMOS GASTAR LA BROMA JUNTOS!

—¡UN *LOBO AZUL*!
¡HEMOS VISTO UN *LOBO AZUL*!

APARECIÓ LA ARDILLA, UN POCO INQUIETA.
—¿UN LOBO AZUL? ¿DÓNDE?

EL RATONCITO GRIS Y EL PÁJARO SE REVOLCABAN DE LA RISA.

—¡JA, JA, JA! ¡ES UNA BROMA! ¡Y TE LA HAS CREÍDO!

¡NO EXISTEN LOBOS AZULES!

—¡AH!... —DIJO LA ARDILLA.

—PERO SI QUIERES —DIJO EL RATONCITO GRIS—,

¡PODEMOS GASTAR LA BROMA JUNTOS!

—¡UN *LOBO AZUL*!

¡HEMOS VISTO UN *LOBO AZUL*!

LLEGÓ LA TORTUGA, CON PASO DECIDIDO.
—¿UN LOBO AZUL? ¿DÓNDE?

EL RATONCITO GRIS, EL PÁJARO Y LA ARDILLA
SE REVOLCABAN DE LA RISA.
—¡JA, JA, JA! ¡ES UNA BROMA! ¡Y TE LA HAS CREÍDO!
¡NO EXISTEN LOBOS AZULES!
—¡AH!... —DIJO LA TORTUGA.

Y JUSTO EN ESE MOMENTO...

—¡AAAAAAAAAAAH!
¡UN *LOBO AZUL*! ¡HEMOS VISTO UN *LOBO AZUL*!

—¡JA, JA, JA! ¡QUÉ BUEN DISFRAZ! —DIJO EL LOBO.

¡UN *RATONCITO VERDE*!
¡HE VISTO UN *RATONCITO VERDE*!